Meryl
Doney

Ilustraciones por
Gaby
Hansen

El gorrión muy preocupado

Título del original: *The Very Worried Sparrow*, © 2014 por Lion Hudson y publicado por Lion Children's Books, un sello de Lion Hudson plc, Wilkinson House, Jordan Hill Road, Oxford OX2 8DR, Inglaterra.

Texto en inglés © 2006 por Meryl Doney
Ilustraciones © 2006 Gaby Hansen

Edición en castellano: *El gorrión muy preocupado*, © 2016 por Editorial Portavoz, filial de Kregel,Inc., Grand Rapids, Michigan 49505. Todos los derechos reservados.

Traducción: Rosa Pugliese

A menos que se indique lo contrario, todas las citas bíblicas han sido tomadas de la Nueva Biblia Latinoamericana de Hoy, © 2005 por The Lockman Foundation. Todos los derechos reservados.

El texto bíblico indicado con "NTV" ha sido tomado de la *Santa Biblia,* Nueva Traducción Viviente, © Tyndale House Foundation, 2010. Usado con permiso de Tyndale House Publishers, Inc., 351 Executive Dr., Carol Stream, IL 60188, Estados Unidos de América. Todos los derechos reservados.

EDITORIAL PORTAVOZ
2450 Oak Industrial Drive NE
Grand Rapids, MI 49505 USA
Visítenos en: www.portavoz.com

ISBN: 978-0-8254-5672-5

1 2 3 4 5 edición / año 25 24 23 22 21 20 19 18 17 16

Impreso en Colombia
Printed in Colombia

A Micah y a la próxima generación.   M. D.

A mi mejor amiga Shannon, con amor.   G. H

"Miren las aves del cielo, que no siembran, ni siegan,
ni recogen en graneros, y *sin embargo*, el Padre celestial las
alimenta. ¿No son ustedes de mucho más valor que ellas?

¿Quién de ustedes, por ansioso que esté, puede añadir una
hora al curso de su vida?…

Por tanto, no se preocupen, diciendo: '¿Qué comeremos?' o
'¿qué beberemos?' o '¿con qué nos vestiremos?'

Porque los Gentiles (los paganos) buscan ansiosamente todas estas
cosas; que el Padre celestial sabe que ustedes necesitan todas estas
cosas. Pero busquen primero Su reino y Su justicia,
y todas estas cosas les serán añadidas."

Mateo 6:26–27, 31–33

Había una vez un gorrión muy preocupado. Todos los demás pajaritos miraban el magnífico cielo azul y cantaban: «¡Pío, pío! ¡Pío, pío!».

Pero no el gorrión muy preocupado. «Snif, snif», decía con una débil vocecita.

Lo que más le preocupaba era la comida.

«¡Ay! —pensaba—. Tengo tanta hambre. ¿Qué voy a comer?».

De pronto, allí estaba la mamá con un gusano gordito y jugoso para cada pajarito.

Un día, el papá reunió a los pequeños gorriones a su alrededor.

—Creo que es tiempo de que aprendan a volar —les dijo—. Abran sus alas y aleteen.

—¡Viva! ¡Fabuloso! —gritaban los gorriones.

—Snif, snif —decía el gorrión muy preocupado—. Yo no me atrevo.

Estaba tan asustado que perdió el equilibrio y se cayó de la rama… dio una voltereta… y aleteó… ¡y voló!

Cuando se puso el sol, el papá gorrión
reunió a su familia para que estuvieran
abrigados y acurrucados en el nido.

Les contó maravillosas historias de tiempos y lugares muy lejanos:

del Gran Padre que hizo el mundo y todo lo que hay en él;

de cómo sale el sol; de dónde viene el viento, y todas las pequeñas cosas que cada criatura conoce.

Los pajaritos escuchaban con mucha atención. Pero el gorrión muy preocupado miraba la oscuridad. «Snif —decía—, ¡ay, no!».

Cuando llegó el verano, el gorrión muy
preocupado se sentía un poco más valiente y salió
con sus hermanos y hermanas a buscar semillas al
campo.

¡Fiiiiuuuussshhh!

El terrible gavilán se acercaba volando. El gorrión muy preocupado cerró bien fuerte los ojos, y esperó sin moverse del susto.

Pero cuando los abrió, vio que el gavilán se estaba alejando.

«Snif, snif —dijo el gorrión muy preocupado—. Me voy a mi casa».

Y se fue volando al nido tan rápido como pudo.

El viento otoñal empezó a
soplar y se cayeron las hojas
de los árboles. Después,
nevó, y la tierra se cubrió
de un suave manto blanco
brillante. Los gorriones
pensaban que era maravilloso.
El gorrión muy preocupado miró
a su alrededor y dijo: «La nieve cubrió todo nuestro
alimento. Además, ¿dónde encontraremos agua para
beber?».

Pero cada mañana los niños esparcían semillas sobre el camino y rompían el hielo que cubría el charco. Los gorriones tuvieron suficiente para comer y beber durante todo el invierno.

Llegó la primavera y los gorriones trinaban entusiasmados.

—Es tiempo de anidar —dijeron.

Y salieron volando y cantando con los demás gorriones.

Pronto las aves se alejaron de dos en dos para buscar un lugar seguro donde construir sus nidos.

—Snif, snif —decía cabizbajo el gorrión muy preocupado—. Me dejaron solo.

Una pequeña gorriona vino volando y se posó sobre la rama.

—Pío —dijo tímidamente.

—Snif, snif —dijo el gorrión muy preocupado—. ¿Podemos ser amigos?

—¡Ay, sí! —dijo ella con alegría.

—Conozco un buen lugar para hacer un nido —dijo ella—. Ven conmigo a verlo.

Juntos volaron hasta un bonito manzano.

—Snif, snif —dijo el gorrión muy preocupado—.
Es bonito, pero seguro que otras aves ya lo han
encontrado.

    —Es un lugar seguro y solo para nosotros
—trinó su compañera—. ¡Vamos!

En muy poco tiempo, la tímida gorriona
estaba sentada en su nido. Bajo el abrigo de sus
plumas había cuatro huevos con manchitas.

—Snif, snif —dijo el gorrión muy
preocupado—. Pronto tendré una familia por la
que preocuparme.

Más abajo, sobre el césped, rondaba un gato.

Más arriba sobrevolaba un gavilán llevado
por el viento.

21

¡El gorrión parecía muy, muy… preocupado!

—Rrru rrru. ¿Qué te pasa? —preguntó una
tierna voz.

Era una tórtola con suaves plumas blancas.

—Estoy muy preocupado —sollozaba el
gorrión.

—Rrru rrru —dijo la paloma—. ¿No conoces las historias del Gran Padre que nos creó a todos y que cuida de cada gorrión?

—Snif, snif —dijo el gorrión muy preocupado—. Estaba tan preocupado que no presté atención.

Entonces, al anochecer, la paloma reunió a todas las aves a su alrededor, y les contó historias de tiempos y lugares muy lejanos:

del Gran Padre que hizo el mundo y todo lo que hay en él;

de cómo sale el sol; de dónde viene el viento, y todas las pequeñas cosas que cada criatura conoce.

Les habló de las estaciones y los años, de cómo crecen las cosas y llega nueva vida. Les contó que el Gran Padre conoce a cada criatura y su tiempo sobre la tierra.

Al día siguiente, cuando amaneció, el mundo entero brillaba.

«Toc, toc, toc». Se escuchó un pequeño sonido de cada uno de los huevos, y de pronto cuatro gorrioncitos nacieron en aquel cómodo nido.

Entonces, el gorrión muy preocupado… ¡sonrió!

—¡Estoy deseando verlos! —dijo—. Podemos verlos crecer y enseñarles a volar. Y yo les hablaré del Gran Padre que hizo el mundo y todo lo que hay en él, y que conoce a cada gorrión. No tendrán que vivir preocupados ni un solo día.

Entonces el gorrión muy preocupado salió a volar por el cielo azul.

—¡Pío, pío, pío! —cantaba a toda voz y lleno de felicidad.

¿Alguna vez has sentido temor? Hay muchas cosas que te pueden inquietar en este mundo, pero si conoces a Dios nuestro Padre en el cielo, Él te proveerá, tal como lo hace con los pajaritos, te guiará y no te abandonará nunca. ¿Te gustaría pertenecerle a Dios y ser parte de Su familia?

Necesitas:

1) Reconocer la gravedad de tu pecado y admitir tu necesidad de Dios. Los pecados nos separan de Dios y son destructivos para los demás y nosotros. La Biblia dice acerca de nosotros: "¡no hay ni uno solo que haga lo bueno!" (Salmos 14:1, 53:1, NTV). El pecado es cualquier cosa que hacemos o pensamos que no agrada a Dios. Es insistir en hacer nuestra propia voluntad y no la de Dios, tal como ser egoísta, soberbio, envidioso, robar, pelear, mentir, engañar, odiar o hablar mal de los demás.

"… todos hemos pecado; nadie puede alcanzar la meta gloriosa establecida por Dios". (Romanos 3:23, NTV)

Dios, siendo santo, perfecto y justo, no puede ignorar el mal ni vivir con pecadores, por lo tanto el resultado del pecado es la separación eterna de Dios. Sin embargo, Dios nos ama tanto que no quiere que estemos separados de Él ni que al morir, suframos eternamente en un lugar de castigo que la Biblia llama el infierno. En vez de eso quiere que vivamos con Él, ahora y para siempre.

"Porque la paga del pecado es muerte, pero la dádiva de Dios es vida eterna en Cristo Jesús Señor nuestro". (Romanos 6:23, NBLH)

2) Creer que Jesús es el único camino para llegar a Dios. Es imposible conseguir el perdón de nuestros pecados recitando oraciones, dando dinero o tratando de agradar a Dios con nuestras palabras o acciones (Gálatas 2:16, 21, Efesios 2:8-9). Solo hay una manera de ser perdonado y es a través de Jesús (Hechos 8:12). Su muerte en la cruz es el pago que acepta Dios por nuestro pecado puesto que Jesús, 100% Dios y 100% ser humano, fue el único hombre que nunca pecó, así es el único que puede pagar el castigo que merecemos. Jesús murió en la cruz en nuestro lugar, resucitó al tercer día, y está vivo hoy. "Jesús le dijo: 'Yo soy el camino, la verdad y la vida; nadie viene al Padre sino por Mí'" (Juan 14:6, NBLH).

3) Arrepentirte del mal y entregarte a Jesús. Arrepentimiento es dar media vuelta e ir en la dirección contraria. Es dejar el camino del "yo" y comenzar a caminar con Él y como Él quiera. Jesús, quien asumió la culpa de nuestros pecados, nos ofrece el perdón, una vida nueva por dentro y Su fiel amistad. Todos estos regalos serán tuyos si sinceramente te arrepientes y das el control de tu vida a Dios.

Si esto es el deseo de tu corazón, puedes expresarlo en tus propias palabras diciéndole algo como:

"Querido Dios, yo admito que soy un pecador. Creo que Tu Hijo, Jesús, murió para recibir el castigo por mis pecados. Creo que lo levantaste de la muerte. Quiero que el Señor Jesús sea mi Salvador y perdone mis pecados. Toma el control de mi vida y hazme la persona que quieres que yo sea. Gracias te doy por amarme y salvarme del castigo que merezco. En el nombre de Jesús. Amén."

Si has puesto tu confianza en el Señor Jesús como tu Salvador, entonces la promesa de Dios para ti es que eres salvo. Tus pecados han sido perdonados y Jesús ha venido a vivir dentro de ti. Eres miembro de la familia de Dios y una persona nueva por dentro (2 Corintios 5:17). "Pero a todos los que Lo recibieron, les dio el derecho (el poder) de llegar a ser hijos de Dios, *es decir*, a los que creen en Su nombre" (Juan 1:12, NBLH).

Dios promete "Jamás te abandonaré" (Hebreos 13:5, NTV). Eso significa que el Señor Jesús, que ha venido a vivir en ti por medio de Su Espíritu, nunca se irá de ti. Él te ayudará a que le obedezcas.

Para aprender más del plan de Dios para ti, lee la Biblia que es el manual de vida para los hijos de Dios. Puedes comenzar con el Evangelio de Juan que cuenta la historia de Jesús y los Salmos que dan consejo y consuelo. Memoriza versículos tales como Juan 3:16, 10:28, Gálatas 2:20, 5:22-23, Efesios 2:8-10 y 1 Juan 4:7-12. En las siguientes páginas, encontrarás otros versículos sobre la confianza en Dios que nos quita el temor.

Habla con Dios en todo momento sobre todas las cosas y obedécele siguiendo sus instrucciones en la Biblia. Busca amigos que lo amen y te ayuden a crecer en tu amistad con Él.

Jesús dijo: "Vengan a Mí, todos los que están cansados y cargados, y Yo los haré descansar." Mateo 11:28 (NBLH)

"Porque de tal manera amó Dios al mundo, que dio a Su Hijo unigénito (único), para que todo aquél que cree en Él, no se pierda, sino que tenga vida eterna". Juan 3:16 (NBLH)

En esto se manifestó el amor de Dios en nosotros: en que Dios ha enviado a Su Hijo unigénito (único) al mundo para que vivamos por *medio de* Él. 1 Juan 4:9 (NBLH)

En esto consiste el amor verdadero: no en que nosotros hayamos amado a Dios, sino en que él nos amó a nosotros y envió a su Hijo como sacrificio para quitar nuestros pecados. 1 Juan 4:10 (NTV)

Sea el carácter de ustedes sin avaricia, contentos con lo que tienen, porque Él mismo ha dicho: "Nunca te dejaré ni te desampararé," de manera que decimos confiadamente: "El Señor es el que me ayuda; no temeré. ¿Qué podrá hacerme el hombre?" Hebreos 13:5-6 (NBLH)

La Biblia es la carta de Dios para nosotros y en ella Él nos da muchos consejos sobre el temor. A continuación encontrarás unas palabras de Dios que puedes memorizar para acordarte siempre que Él es Todopoderoso y te ama.

✓ No tengas miedo, porque yo estoy contigo; no te desalientes, porque yo soy tu Dios. Te daré fuerzas y te ayudaré; te sostendré con mi mano derecha victoriosa. Isaías 41:10 (NTV)

✓ "Yo, sí, yo soy quien te consuela. Entonces, ¿por qué les temes a simples seres humanos que se marchitan como la hierba y desaparecen? Sin embargo, has olvidado al SEÑOR, tu Creador, el que extendió el cielo como un dosel y puso los cimientos de la tierra". Isaías 51:12-13a (NTV)

✓ Invoqué Tu nombre, oh SEÑOR, desde la fosa más profunda. Tú oíste mi voz: "No escondas Tu oído a mi clamor, a mi grito de auxilio." Lamentaciones 3:55-56 (NBLH)

✓ Jesús dijo: "Les dejo un regalo: paz en la mente y en el corazón. Y la paz que yo doy es un regalo que el mundo no puede dar. Así que no se angustien ni tengan miedo". Juan 14:27 (NTV)

✓ Todo lo puedo en Cristo que me fortalece… Y mi Dios proveerá a todas sus necesidades, conforme a sus riquezas en gloria en Cristo Jesús. Filipenses 4:13, 19 (NBLH)

✓ Porque no nos ha dado Dios espíritu de cobardía, sino de poder, de amor y de dominio propio (de disciplina). 2 Timoteo 1:7 (NBLH)

Había una vez un gorrión muy preocupado. Todas las demás aves levantaban la vista para mirar el magnífico cielo azul y cantaban de alegría; pero no el gorrión muy preocupado. Él solo se preocupaba. Le preocupaba volar, le preocupaba que le faltara comida, le preocupaba encontrar una pareja y construir un nido… ¡y sobre todo le preocupaba el terrible gavilán!

Hasta que descubrió algo muy importante.

EDITORIAL PORTAVOZ